Jürgen Banscherus

JIMMI NIGHTWALKER

Der Verrat

Jürgen Banscherus

JIMMI NIGHTWALKER

Der Verrat

Mit Illustrationen
von Thilo Krapp

cbj

cbj ist der Kinder- und Jugendbuchverlag
in der Verlagsgruppe Random House

FSC
Mix
Produktgruppe aus vorbildlich bewirtschafteten Wäldern und anderen kontrollierten Herkünften

Zert.-Nr. SGS-COC-001940
www.fsc.org
© 1996 Forest Stewardship Council

Verlagsgruppe Random House FSC-DEU-0100
Das FSC-zertifizierte Papier *München Super Extra* für dieses Buch liefert Arctic Paper Mochenwangen GmbH.

Gesetzt nach den Regeln der Rechtschreibreform

1. Auflage 2010

Umschlagbild und Innenillustrationen: Thilo Krapp
Umschlagkonzeption: schwecke.mueller Werbeagentur GmbH, München
KU · Herstellung: RF
Satz: Uhl + Massopust, Aalen
Druck: GGP Media GmbH, Pößneck
ISBN 978-3-570-13448-1
Printed in Germany

www.cbj-verlag.de

Lieber J. B.,

inzwischen haben wir das erste Buch über den unglaublichen Sommer mit Jimmi Nightwalker gelesen. Mai Lyn war noch vor Murat damit fertig. Ich habe mir ganz gegen meine Gewohnheit Zeit gelassen. Natürlich stelle ich mir auch sonst beim Lesen genau vor, was in den Büchern passiert. Aber diesmal war es so spannend wie noch nie. Schließlich spiele ich selbst mit

- bei Jimmis Auftauchen in der ersten Nacht der Sommerferien
- bei seiner Aufnahme in den Geheimen Buchclub
- bei seiner abenteuerlichen Flucht vor den geheimnisvollen Kakamura-Brüdern
- bei der Entdeckung seiner phänomenalen Fähigkeiten

Ob ich mich in dem JoJo Ihres Buches wiedererkannt habe, wollen Sie wissen? Aber klar! Nur über eines habe ich mich ein bisschen geärgert: Murat ist einen halben Kopf größer als ich, keinen ganzen. Da müssen Sie uns beide mit irgendwem verwechselt haben.

Vielleicht interessiert es Sie, dass meine Uroma gestern ins Krankenhaus gebracht werden musste. Urma hatte sich bei der Kartoffelernte in unserem Garten eine Rippe gebrochen. Keine Ahnung, wie sie das angestellt hat. Sie muss mindestens zwei Tage in der Klinik bleiben und hat sich den ersten »Jimmi Nightwalker«-Band mitgenommen, »um mal zu schauen, was für Geschichten dieser Mensch über uns erfunden hat«. Mit dem Menschen sind Sie gemeint.

Heute fangen wir mit dem zweiten Band an.
Murat scharrt schon mit den Hufen. Wir haben
gelost und er darf ihn als Erster lesen.

Das wär's für heute.
Liebe Grüße von Ihrem JoJo

Mai Lyn, Murat und Urma
lassen ebenfalls grüßen!

Erstes Kapitel

Kyrill hieß der Orkan. Er spielte mit den Wäldern Mikado. Oder besser: Riesenmikado. Millionen Fichten knickte Kyrill um. Seitdem sollte jeder wissen, dass es im Wald gefährlich werden kann. Sogar lebensgefährlich.

Darüber machten sich die vier Kinder, die auf dem Weg zum Hungerforst waren, keine Gedanken. Erstens waren sie noch ein ziemliches Stück von ihrem Ziel entfernt. Und zweitens regte sich seit dem Morgen kein Lüftchen. Kein Sturm im Umkreis von mindestens dreitausend Kilometern. Die vier Freunde, das waren JoJo, Mai Lyn, Murat und Jimmi. JoJo war der Kopf der Gruppe, Murat

ihr zuverlässiger Beschützer und Mai Lyn der Boss. Oder »Bossin«, wenn's das Wort gäbe. Murat und JoJo hätten niemals zugegeben, dass Mai Lyn ihre Chefin war, lieber hätten sie sich die Zunge abgebissen. Aber das änderte nichts daran: Sobald es hart auf hart ging, übernahm Mai Lyn das Kommando. Wenigstens war es bisher immer so gewesen. Jimmi gehörte erst seit Kurzem dazu. Aber er hatte das Leben der Kinder schon gründlich durcheinandergewirbelt.

Rechtzeitig zum Beginn der Sommerferien hatte sich das schlechte Wetter verzogen. Jetzt herrschten 33 Grad im Schatten. Die über die Stadt verteilten Messinstrumente zeigten Windstärke 0. Hinzu kam eine derartig hohe Luftfeuchtigkeit, dass die Straßen und Dächer wie nach einem Regenschauer glänzten. Mit

einem Satz: Es war ein Tag wie geschaffen für Freibad, Eisdiele und Grillen am Abend – und zwar genau in dieser Reihenfolge.

»Ich habe Durst«, stöhnte JoJo, nachdem sie eine halbe Stunde gelaufen waren. Er litt seit seiner Geburt unter Asthma. »Luftkasper« nannte er seine Krankheit. Ihm fiel der Weg zum Hungerforst besonders schwer. Die Sonne brannte unbarmherzig von einem wolkenlosen Himmel, nirgendwo gab es auch nur das kleinste bisschen Schatten.

Mai Lyn reichte JoJo die Wasserflasche, ohne die sie nie aus dem Haus zu gehen pflegte. »Trink aus«, sagte sie.

»Aber dann hast du nichts mehr, Mai Lyn.«

»Egal«, erwiderte das Mädchen.

Murat schwitzte, dass seine Turnschuhe bei jedem Schritt quietschten. Er lief neben

Jimmi her, dem die Hitze als Einzigem nichts auszumachen schien. Dabei hatte der Junge nicht einmal Schuhe an. Und das auf einer Straße, auf der man problemlos Spiegeleier hätte braten können!

Seit sie losgegangen waren, hatten die beiden kein Wort miteinander gesprochen. Jetzt hielt es Murat nicht mehr aus. »Sind deine Haare eigentlich gefärbt?«, fragte er.

Kein Wunder, dass er das wissen wollte. Jimmi hatte nämlich graue Haare wie ein alter Mann. Aber das war nicht das einzig Merkwürdige an dem Jungen. Er verfügte über ein wahnsinniges Gedächtnis, lernte in einem Tempo, bei dem jedem anderen das Gehirn aus den Ohren geflogen wäre, und war stark wie ein ausgewachsener Kodiak-Bär. Ein echter Wunderknabe sozusagen. Allerdings hatte

Jimmi keine Ahnung, wo er herkam. Was seine Herkunft anging, gähnte in seinem Kopf ein großes schwarzes Loch. JoJo vermutete, dass der Junge sein Gedächtnis verloren hatte. Murat hatte einen anderen Verdacht. Aber den behielt er erst mal für sich. Seine Stunde würde noch kommen, dafür würde er schon sorgen.

»Warum sollte ich meine Haare färben?«, fragte Jimmi.

Murat verzog sein Gesicht zu einer Grimasse, dass sein goldener Piraten-Ohrring zu schaukeln begann. »Weiß ich doch nicht!«, rief er und spuckte auf den Asphalt. »Warum tut einer graue Farbe in einen Eimer und steckt seine Birne rein?«

»Lass Jimmi in Ruhe«, ertönte von hinten Mai Lyns Stimme.

Murat blieb stehen und drehte sich zu seiner Freundin um. »Warum nimmst du Jimmi eigentlich immer in Schutz?«, rief er. Sein Gesicht war rot angelaufen. Und das lag jetzt nicht mehr allein an der Hitze. »Der Typ verarscht uns doch! Der spielt nur den Geheimnisvollen! In Wirklichkeit …«

Er wollte endlich loswerden, welchen Verdacht er hatte, da begann JoJo plötzlich nach Luft zu schnappen. Nicht wie ein Fisch, das würde es nicht richtig beschreiben. Nein, JoJo sah aus wie einer, der ertrinkt. Wie einer, der weiß, dass die Luft niemals reichen wird, auch wenn er den Mund noch so weit aufreißt. Mit zitternden Händen fingerte JoJo den Inhalator aus seiner Hosentasche, um sich eine Dosis Medizin in den Mund zu sprühen. Doch zu seinem Entsetzen kamen nur zwei klägliche Trop-

fen heraus. Bevor JoJo sie auffangen konnte, fielen sie auf den heißen Asphalt, wo sie zischend verdampften. Also keine Medizin mehr. Und ohne Medizin keine Luft. Und zu allem Unglück war JoJo eine halbe Stunde von zu Hause entfernt, wo ein zweiter Inhalator bereitlag. Für einen, der einen Asthmaanfall hat, bedeutet eine halbe Stunde eine ganze Ewigkeit.

»Ich kriege keine Luft.« Seine Stimme klang wie von großen Zangen zusammengequetscht.

»Psst«, machte Mai Lyn, die genau wie Murat einen solchen Erstickungsanfall nicht zum ersten Mal erlebte. »Wo hast du den anderen Inhalator?«

»Zu Hause«, flüsterte JoJo mit vor Schrecken weit aufgerissenen Augen. »Ich habe ihn vergessen.«

Mai Lyn wurde mindestens so bleich wie JoJo. »Und was sollen wir jetzt machen?«, rief sie.

Jimmi war ein paar Schritte vorausgelaufen. Als er Mai Lyn schreien hörte, kam er sofort zurück. Wortlos schob er das Mädchen zur Seite, kniete sich hin und legte seine Lippen auf JoJos Mund.

»Was machst du da?«, rief Mai Lyn.

»Die knutschen!«, rief Murat.

Jimmi ließ sich von den Rufen nicht beirren. Mit aller Kraft begann er in JoJos Mund zu blasen. Und das Wunder geschah: Je länger Jimmi blies, desto ruhiger wurde JoJos Atem, desto mehr entspannte sich sein Gesicht. Als sich der Junge mit den grauen Haaren wieder aufrichtete, lag JoJo friedlich im Gras und schlief.

»Wie ein Baby«, flüsterte Mai Lyn und

fragte dann lauter: »Woher kannst du das, Jimmi?«

Der zuckte nur mit den Schultern.

»Und wie geht's jetzt bitte schön weiter?«, wollte Murat wissen, dem die Erleichterung über die Rettung seines besten Freundes deutlich anzusehen war.

Erneut kniete sich Jimmi hin und nahm JoJo über die Schulter. »Alles wie geplant«, antwortete er.

Im Hungerforst herrschten angenehmere Temperaturen als auf der Straße, über der die Hitze wie ein elektrisch aufgeladener Schleier flirrte. Durch das Dach der hohen Buchen malte die Sonne unregelmäßige Muster auf den weichen Boden. Das ausgedehnte Waldgebiet hieß »Hungerforst«, weil hier einmal Leute gewohnt hatten, bei denen es nur einmal am Tag etwas zu essen gegeben hatte. Wenn überhaupt. Die Menschen hatten auf den Lichtungen Holzkohle gebrannt. Auf alten Fotos sah man nichts als Schwarz: schwarze Gesichter, schwarze Hände, nackte schwarze Füße, schwarze

Kleidung. Mai Lyn trug am liebsten schwarze Sachen. Aber mit den Köhlerfamilien hätte sie um alles in der Welt nicht tauschen mögen.

Murat und Mai Lyn ließen sich erschöpft ins Moos fallen, Jimmi legte seine Last vorsichtig daneben. JoJos Atem ging immer noch ruhig.

»Danke«, flüsterte er, ohne die Augen zu öffnen. »Danke, Jimmi.«

Jimmi reagierte nicht – wieder einmal. Angestrengt blickte er sich um. Hier im Hungerforst war er eines Nachts aufgetaucht. Das war das Einzige, woran er sich erinnern konnte. Es hatte geregnet, ein unaufhörlicher warmer Regen. Und Jimmi war nackt gewesen. Splitterfasernackt.

»Du hast mir das Leben gerettet, Jimmi«,

fuhr JoJo fort. »Das werde ich dir nie vergessen. Niemals.«

Murat hockte sich neben Jimmi. »Erkennst du irgendwas wieder?«, wollte er wissen.

»Bis jetzt nicht.«

»Überhaupt nichts?«

»Überhaupt nichts.«

»Vielleicht war es gar nicht der Hungerforst«, überlegte Mai Lyn. »Vielleicht müssen wir woanders suchen.«

»Hier gibt's keinen anderen Wald«, widersprach Murat energisch. »Nur das Wäldchen hinterm Freibad. – Kannst du dich vielleicht an ein Schwimmbad erinnern?«, fragte er Jimmi.

»Nein.«

»Na, siehst du«, sagte Murat zu Mai Lyn.

»Der Hungerforst ist groß«, sagte JoJo und seine Stimme klang mit jedem Wort fester.

»Weißt du noch, wie es aussah, wo du ...«, er suchte nach den richtigen Worten, »... wo du dich gefunden hast?«, brachte er seinen Satz schließlich zu Ende.

Jimmi schloss die Augen. »Da gab es keine Bäume«, sagte er. »Aber drum herum waren viele.«

»Eine Lichtung«, stellte Mai Lyn fest.

»In dem Wald gibt es tausend Lichtungen«, warf Murat ein. »Mindestens.«

Die Kinder verfielen in tiefes Grübeln. Der Hungerforst war so groß wie London oder Paris. Und da sollten sie eine Lichtung finden? Zu Fuß? Ohne ihre Mountainbikes? Das war mindestens so schwierig wie die Suche nach der berühmten Nadel im Heuhaufen. Dafür hätten die Sommerferien glatt drei Monate länger dauern müssen.

»Wir brauchen ein Flugzeug«, sagte Mai Lyn irgendwann. »Oder wenigstens einen Hubschrauber.«

Murat lachte. »Und wer soll das Ding fliegen? Dein Vater etwa?«

»Der hat keinen Pilotenschein.«

»Deiner, JoJo?«

Der schüttelte ebenfalls den Kopf.

»Meiner auch nicht«, sagte Murat.

Doch so schnell gab sich Mai Lyn nicht geschlagen. »Jimmi muss von oben auf den Wald gucken können«, erklärte sie. »Vielleicht erinnert er sich dann.«

Murat zeigte auf eine Buche, die nicht weit von ihnen neben einer Grillhütte stand. Der Stamm besaß einen Durchmesser von gut zwei Metern, die mächtige Krone verlor sich im Blau des Himmels. »Kletter rauf, Jimmi«, sagte Mu-

rat. »Oder hast du Angst?«, fügte er mit einem hinterlistigen Grinsen hinzu.

»Jimmi wird da nicht raufklettern!«, rief Mai Lyn. »Das ist viel zu gefährlich!«

Ohne das Mädchen zu beachten, untersuchte Jimmi den Stamm. Er war glatt, nirgends fand sich ein Vertiefung, die ihm beim Hinaufklettern Halt hätte geben können. Der erste Ast befand sich in etwa fünf Metern Höhe. Selbst für einen guten Stabhochspringer wäre es schwierig gewesen, dorthin zu gelangen.

»Murat!«, rief Jimmi und seine Stimme duldete keinen Widerspruch. »Los, gib mir Hilfestellung!«

Der Junge gehorchte. Das war mehr als ungewöhnlich. Sonst tat er nie, was man von ihm verlangte. Seine Eltern konnten ein Lied davon singen. Und seine Lehrer auch.

Die Hände in die Seiten gestützt, die kräftigen Beine wie einbetoniert, stellte sich Murat vor der Buche auf. Jimmi nahm fünfzig Meter Anlauf, strich sich die Haare aus dem Gesicht und rannte los. Zuerst waren seine Schritte kurz, doch nach und nach wurden sie länger. Bald verwandelten sie sich in weite Sprünge und irgendwann schien der barfüßige Junge über den Waldboden zu schweben.

Zwei Meter vom Baum entfernt sprang Jimmi mit einem gewaltigen Satz ab, landete für den Bruchteil einer Sekunde auf Murats Schultern, schnellte sofort wieder hoch – und saß im nächsten Moment auf dem untersten Ast der Buche. Bevor sich die anderen von ihrer Überraschung erholt hatten, hatte Jimmi schon den nächsten Ast ergriffen und sich hochgezogen. Es dauerte nicht lange, da war

der Junge in der Baumkrone verschwunden. Ein Schimpanse im Urwald hätte nicht schneller sein können.

»Jimmi!«, brüllte Mai Lyn.

»Mensch, Jimmi!«, brüllte JoJo. »Pass bloß auf!«

»Idiot!«, brüllte Murat, während er sich den Dreck von den Schultern klopfte. »Komm sofort wieder runter!«

Doch von oben kam keine Antwort. Nur das Rauschen der Blätter und die Schreie eines Eichelhähers waren zu hören.

Ein paar Minuten lang passierte nichts. Dann sahen die Kinder, wie zwei nackte Füße unter der Baumkrone erschienen. Während Jimmi zügig am Stamm hinunterkletterte, hielten Mai Lyn und Murat den Atem an. JoJo verzichtete darauf, seinem Luftkasper wäre

das nicht gut bekommen. Am untersten Ast hängend legte Jimmi eine kurze Pause ein – und landete im nächsten Moment sicher im weichen Moos.

Natürlich hätte JoJo zu gern gewusst, wo Jimmi so toll klettern gelernt hatte. Aber er verzichtete darauf, danach zu fragen. Wie er den Jungen kannte, hätte der darauf garantiert wieder keine Antwort gewusst. Deshalb fragte JoJo nur: »Was ist? Hast du dich erinnert?«

Jimmi stand auf und klopfte sich den Dreck von Hose und T-Shirt. »Ja«, antwortete er und zeigte schräg nach Norden in den Wald hinein.

»Na, dann mal los«, sagte Mai Lyn. Bisher war immer sie der Boss gewesen – zumindest hatte sie das geglaubt. Aber jetzt war da

einer, dem sie nichts entgegenzusetzen hatte. Einer, der über mehr Kraft verfügte als jeder andere, den sie kannte. Und diese Kraft war unheimlich. Eindeutig.

Zweites Kapitel

Jimmi lief voraus, die anderen folgten. Der Asthmaanfall hatte JoJo viel Kraft gekostet, er hatte Mühe, mit seinen Freunden Schritt zu halten. Bald verließ Jimmi den Schotterweg und schlug sich geradewegs durch eine dichte Fichtenschonung. Er schien sich seiner Sache vollkommen sicher. Egal, in welchem Dickicht sie sich befanden, er ging unbeirrt weiter.

Irgendwann – niemand hätte sagen können, wie lange sie unterwegs gewesen waren – erreichten sie eine Lichtung. Der Boden war verbrannt, alles war von weißer Asche bedeckt. Die Fichten, die unmittelbar an der Lichtung standen, waren verkohlt. Die Bäume

dahinter schienen auf den ersten Blick unversehrt zu sein. In der Luft hing der Geruch verbrannter Tannenzapfen. Weihnachten im Sommer sozusagen.

Jimmi blieb in der Mitte der Lichtung stehen, drehte sich nach allen Seiten und sagte dann: »Hier.« Sonst nichts.

»Bist du sicher?«, fragte JoJo.

»Ja«, antwortete Jimmi. »Hier war es.«

»In Ordnung«, sagte Mai Lyn. Sie hob einen angekokelten dünnen Ast auf und begann vorsichtig in der Asche zu stochern. »Vielleicht haben wir ja Glück.«

JoJo konnte sich vorstellen, dass sie einen weggeworfenen Joghurtbecher fanden oder ein paar in der Hitze des Feuers geplatzte Bierflaschen. Aber sonst? Was immer Jimmi hier zurückgelassen hatte, es war mit Sicher-

heit verbrannt. Außerdem erschwerte die weiße Asche die Suche zusätzlich. Bei jeder noch so leichten Berührung flog sie wie feiner Pulverschnee auf.

Doch seit Jimmi aufgetaucht war, schien nichts mehr unmöglich zu sein. Und so wunderte sich niemand, als Murat schon bald rief: »Ich hab was gefunden!« Er hatte nahe am Waldrand gesucht und hielt jetzt einen schmutzigen Fetzen Stoff in die Höhe.

Jimmi nahm Murat das Tuch aus der Hand und betrachtete es aufmerksam.

»Und?«, fragte JoJo aufgeregt. »Erinnerst du dich?«

Statt zu antworten, breitete Jimmi das Tuch vorsichtig auf dem Boden aus. Der Stofffetzen hatte die Größe eines Geschirrtuchs und war an den Rändern verkohlt. In

seiner Mitte war eine Zeichnung zu sehen. Sie zeigte eine Insel in der Form eines Tellers. In der einzigen Bucht der Insel lag ein winziges rotes Schiff. Es hatte weder Segel noch einen Schornstein.

»Eine Schatzkarte«, stellte Murat fest.

»Glaub ich nicht«, sagte JoJo, der Schatzkarten außerhalb von Abenteuerbüchern für ziemlichen Unsinn hielt.

Mai Lyn legte Jimmi die Hand auf den Arm. Er fühlte sich an wie jeder andere – warm und glatt. Und doch versteckten sich unter der Haut Muskeln wie die eines Möbelpackers. »Hast du das Tuch schon mal gesehen?«, fragte sie.

Zuerst reagierte Jimmi nicht. Dann schüttelte er langsam den Kopf. Er schien über etwas nachzudenken.

»Erinnerst du dich denn an gar nichts?«, fragte JoJo.

Jimmi blickte zum Himmel hinauf. Dann betrachtete er wieder den Fetzen Stoff und schaute ein zweites Mal nach oben. »Seht ihr die Sterne?«, fragte er.

Murat lachte. »Welche Sterne? Es ist Nachmittag, du Witzbold!«

Mai Lyn hatte Jimmi nicht aus den Augen gelassen. »Was siehst du da oben?«, fragte sie leise.

»Ich sehe ...«, begann Jimmi und brach ab. »Ich dachte, ich hätte was gesehen«, sagte er. »Aber jetzt ist es weg.«

»Wir nehmen das Tuch mit«, sagte Murat. »Vielleicht kennt mein Vater an der Uni einen Kollegen, der was mit der Karte anfangen kann. Einen Geologen oder wie die Fuzzies heißen.«

»Du meinst bestimmt einen Geografen«, korrigierte ihn JoJo, was Murat mit einem tiefen Seufzer quittierte. Manchmal war es nicht einfach, einen Klugscheißer zum Freund zu haben.

Auf dem Rückweg in die Stadt waren die Kinder schweigsam. JoJo hatte genug damit zu tun, gleichmäßig zu atmen. Murat schnitzte an einem Stock herum. Mai Lyn ging neben Jimmi her und hoffte wahrscheinlich darauf, dass der Junge zu sprechen begann. Das tat er aber nicht. Dabei hätte sie wer weiß was darum gegeben, zu erfahren, was der Junge vorhin gesehen hatte. Denn dass er irgendetwas Ungewöhnliches am Himmel gesehen hatte, stand für sie fest.

Ohne sich vorher abgesprochen zu haben, landeten die vier Freunde bei Urma. JoJos neunzigjährige Uroma kümmerte sich um ihren Urenkel, während seine Eltern Urlaub auf Ibiza machten. Sie hatte gerade einen Apfelkuchen für den nächsten Sonntag gebacken. Der musste jetzt dran glauben – genau wie

zwei Kannen Kakao und eine Zweiliter-Flasche selbst gemachte Limo.

»Gut, dass ihr nicht jeden Tag zu Besuch kommt«, stöhnte sie, während sie zusammen mit den Kindern das Geschirr abräumte.

»Du, Urma?«, sagte JoJo.

»Was ist denn, mein Junge?«

»Weißt du, ob es in letzter Zeit im Hungerforst gebrannt hat?«

»Im Hungerforst?« Urma legte ihre Stirn in tiefe Falten. Dann fischte sie eine Zeitung aus dem Stapel auf der Küchenbank. »Hier«, sagte sie und tippte auf einen Artikel im Lokalteil. »Ich wusste doch, dass ich was darüber gelesen habe.«

Unter der Überschrift »Rätselhafter Brand im Hungerforst« stand dort:

»In der Nacht zum Mittwoch wurde die

Feuerwehr zu einer Lichtung im Hungerforst gerufen«, las JoJo laut vor. »Der Löschtrupp fand verbranntes Unterholz und beschädigte Bäume. Glücklicherweise hatte der Brand den übrigen Wald verschont. Bei ungünstigeren Windverhältnissen und ohne den einsetzenden Regen hätte der gesamte Hungerforst ein Opfer der Flammen werden können, betonte Hauptbrandmeister Naumann (auf dem Bild links). Die Kriminalpolizei hat die Ermittlungen aufgenommen.«

Über der Meldung war ein Foto der mit Asche und verkohltem Unterholz bedeckten Lichtung abgedruckt. Es handelte sich eindeutig um den Ort, von dem die Kinder gerade zurückgekehrt waren.

»Was habt ihr mit dem Brand zu tun?«, fragte Urma. »Habt ihr im Wald gekokelt?«

»Sehen wir so aus?«, fragte JoJo zurück. Mit einer Kopfbewegung bedeutete er seinen Freunden ihm zu folgen und lief ihnen voraus in sein Zimmer.

In den nächsten Stunden blätterten die Kinder sämtliche Atlanten durch, die sie im Haus fanden. Außerdem starteten sie den Computer von JoJos Vater und umrundeten mit Hilfe des dort installierten Google-Earth-Programms den Erdball. Ohne Erfolg. Die Insel, die auf dem Fetzen Tuch verzeichnet war, schien es nirgendwo auf der Welt zu geben.

Mai Lyn gab als Erste auf. Sie war hundemüde, der lange Marsch zum Hungerforst hatte ihr zugesetzt. »Bis morgen«, sagte sie und gähnte.

Murat steckte den schmutzigen Stofffetzen unter sein Hemd. »Ich komme mit«, sagte

er. »Die Zeichnung gebe ich meinem Vater. Einverstanden?«

Nachdem die beiden gegangen waren, war es lange still im Zimmer. Jimmi saß am Computer und suchte weiter nach der Insel, JoJo lag auf dem Bett und wartete darauf, dass sein Freund endlich redete.

Aber Jimmi tat ihm den Gefallen nicht.

Also fragte JoJo: »Hast du heute Nachmittag wirklich Sterne am Himmel gesehen?«

Jimmi nickte, ohne seinen Blick vom Monitor zu wenden. Er befand sich gerade im Südpazifik.

»Irgendwelche besonderen?«, fragte JoJo.

»Ja.«

»Wie sahen sie aus?«

Jetzt schaute Jimmi JoJo an. »Wie ein Bild«, antwortete er.

»Du meinst ein Sternbild? Wagen, Widder, Löwe, Großer Bär?«, rief JoJo, der sich ganz gut mit Astronomie auskannte.

»Nein«, antwortete Jimmi. »Ein Bild, das genauso aussah wie die Insel auf der Zeichnung.«

Jeden anderen hätte JoJo jetzt gefragt, ob er sich seiner Sache sicher sei. Bei Jimmi tat er es nicht. JoJo wusste inzwischen, dass der Junge die Wahrheit sagte – und zwar immer!

Mit einem Satz war JoJo am Fenster und zog den Vorhang zurück. Noch war es nicht ganz dunkel. »Zeig sie mir!«, bat er.

Jimmi öffnete das Fenster und sprang in den Garten. JoJo folgte ihm. »Da«, sagte Jimmi und zeigte auf eine Region des Himmels, in der nicht das kleinste Licht zu sehen war. »Genau da!«

»Ich sehe nichts.«

»Da!«

JoJo strengte seine Augen an, bis sie tränten. Aber außer dem Mond, der im Schneckentempo über den Horizont gekrochen kam, konnte er nichts erkennen.

»Du … du … du siehst tatsächlich was?«, stotterte er. »Da ist doch alles dunkel!«

»Nein«, sagte Jimmi und kletterte zurück ins Zimmer. »Da ist alles hell.«

Kaum war JoJo an diesem Abend eingeschlafen, träumte er von Jimmi. Er sah den Jungen im vierten Stock eines Hauses an der Dachrinne hängen. Er sah, wie sich Jimmi vorsichtig auf ein offen stehendes Fenster zubewegte. Er sah, wie plötzlich einer der Kakamura-Zwillinge in der Fensteröffnung auftauchte.

Und er glaubte zu hören, wie Jimmi schrie. Als die Dachrinne sich vom Haus löste und der Junge in die Tiefe stürzte, wachte JoJo schweißüberströmt auf. Das Herz schlug ihm bis zum Hals.

JoJo hatte noch spät am Abend eine Matratze aus dem Keller in sein Zimmer geschleppt und sie neben sein Bett gelegt. Aber Jimmi hatte sich wie in der Nacht, als er bei JoJo aufgetaucht war, zum Schlafen auf dem Boden zusammengerollt. Jetzt allerdings stand der Junge am Fenster, hatte den Vorhang ein wenig zur Seite gezogen und schaute in den Himmel. Alt wirkte er in diesem Moment, uralt. Dabei schätzte ihn JoJo auf höchstens zwölf.

Als JoJo am nächsten Morgen in die Küche kam, saß Jimmi schon mit Urma am Früh-

stückstisch. Es roch nach frisch gebackenen Brötchen. JoJo fischte sich eines der noch warmen Dinger aus dem Brotkorb, biss hinein und schloss vor Wonne die Augen. Es schmeckte umwerfend, Weltklasse, fünf-Sterne-de-luxe.

»Du bist die Größte, Urma«, sagte JoJo mit vollem Mund. »Die Allergrößte.«

»Bedank dich bei Jimmi. Er hat sie gebacken«, erwiderte sie.

»Du kannst Brötchen backen?«, fragte JoJo erstaunt. Gab es eigentlich irgendetwas, das dieser seltsame Knabe nicht konnte?

Jimmi nickte. »Es war einfach. Das Rezept steht im Kochbuch«, antwortete er.

»Aber du hast beim Backen gar nicht in das Buch geguckt!«, rief Urma erstaunt.

»Er hat ...« ... ein fotografisches Gedächtnis, wollte JoJo sagen. Und vielleicht noch:

Jimmi merkt sich alles, was er einmal gelesen hat. Doch dann ließ er es bleiben. Er mochte Urma nicht weiter in die Geschichte hineinziehen. Je weniger die alte Dame wusste, desto besser.

»Was hat er?«

»Ach nichts, Urma. – Hat Murat angerufen?«, fragte JoJo.

»Nein«, antwortete sie und sagte dann mit einem Lächeln in den Augenwinkeln: »Und deine süße vietnamesische Freundin auch nicht. Aber deine Eltern haben sich aus Ibiza gemeldet. Ich soll dir ausrichten ... ich soll dir ausrichten ...« Sie brach ab. »Verflixt, was war das noch mal? Das Übliche wahrscheinlich. Was Eltern eben ausrichten lassen, wenn sie im Urlaub sind.«

Die Küchenuhr zeigte kurz vor elf. Ob Murats

Vater wohl schon etwas über das Tuch herausgefunden hatte? Gerade wollte JoJo mit dem Telefon in sein Zimmer gehen, da klingelte es an der Haustür. Als er öffnete, stürmte Murat herein. Sein Blick verhieß nichts Gutes. Zuletzt hatte Murat so geschaut, bevor er drei Jungen aus dem siebten Schuljahr verprügelt hatte. Sie hatten JoJo auf dem Schulhof herumgeschubst und ihm Kopfnüsse verpasst. Murat hatte sich einen nach dem anderen vorgeknöpft und bei der Prügelei ein eingerissenes Ohrläppchen, eine aufgeplatzte Lippe und zwei blaue Augen davongetragen. Nicht zu vergessen den Brief, den die Schule an seine Eltern geschrieben hatte – von wegen Gewalt und so. Jedenfalls hatte seit jenem Tag niemand mehr gewagt, JoJo anzurühren.

»Wo ist Jimmi?«, schnaufte Murat.

»In der Küche. Was ist denn los?«

Statt zu antworten, riss Murat die Küchentür auf. »Mir kannst du nichts vormachen!«, brüllte er Jimmi an und machte Anstalten, sich auf ihn zu stürzen.

Aber Urma stellte sich ihm in den Weg. Für ihr Alter war sie noch ganz schön flink. »Hier wird nicht rumgebrüllt!«, schimpfte sie. Aus ihren Augen schossen Blitze. »Und hier prügelt man sich auch nicht. Hast du verstanden?«

Murat holte tief Luft und nickte. »Entschuldigung«, sagte er und es war ihm anzuhören, wie schwer es ihm fiel. »Komm mit nach draußen«, zischte er Jimmi an. »Ich muss mit dir reden.«

»Was ist eigentlich los?«, wiederholte JoJo seine Frage, nachdem sie hinters Haus gegangen waren.

»Was los ist?«, rief Murat. »Der da« – er zeigte auf Jimmi – »der da ist ein Lügner und Betrüger. Ich hab's von Anfang an gewusst!«

»Wieso?«

»Mein Vater hat den Stofffetzen einem Geologie-Professor gegeben«, begann Murat.

»Geografie-Professor«, korrigierte ihn JoJo.

»Mir doch egal. Jedenfalls hat der gesagt, dass es die Insel und das Meer oder was das sonst sein soll, auf der ganzen Welt nicht gibt«, fuhr Murat fort.

»Das hat Jimmi auch nie behauptet. Weshalb ist er dann ein Lügner und Betrüger?«, fragte JoJo.

»Weil«, antwortete Murat und machte eine Kunstpause – natürlich nur, um die Wirkung dessen zu erhöhen, was er zu sagen hatte. Murat war für seine Kunstpausen berühmt. Manche dauerten zwei Minuten. In der Zeit konnte man problemlos aufs Klo gehen und sich hinterher sogar noch die Hände waschen.

»Weil es auf dem Stoff keine Spuren von

Asche gibt«, beendete Murat seinen Satz, als JoJo schon damit gerechnet hatte, dass sein Freund überhaupt nichts mehr sagen würde. »Der Brand und das Tuch haben nichts miteinander zu tun, sagt der Professor.«

JoJo dachte nach. »Aber ich verstehe immer noch nicht, warum Jimmi deshalb ein Lügner und Betrüger sein soll«, sagte er dann.

»Bist du blöd?« Murat tippte sich an die Stirn und legte los: »Jimmi hat die Zeichnung mitgebracht und sie auf der Lichtung fallen lassen, damit wir sie finden. Eine Insel, ein rotes Schiff – alles dummes Zeug! Der Typ nimmt uns schon die ganze Zeit auf den Arm! Der spielt den Mister Wichtig und du fällst drauf rein! Wahrscheinlich ist er von zu Hause abgehauen. Und die Kaka-Brüder sind hinter ihm her, weil er ihnen was Wertvolles geklaut

hat. Einen Diamanten oder so. Verdammt, wir hätten doch auf ihr Angebot eingehen sollen!«

In JoJos Kopf fuhren die Gedanken Achterbahn. Da war Murat, sein ältester und bester Freund, und starrte ihn wütend an. Und daneben stand dieser seltsame Junge aus Nirgendwo und machte ein Gesicht, als hätte er mit dem Streit nicht das Geringste zu tun. Wem sollte JoJo glauben? Die Kakamura-Zwillinge gab es wirklich. Sie hatten ihnen sogar 100 000 Euro geboten, wenn sie ihnen Jimmi auslieferten. Oder steckten die angeblichen japanischen Polizisten und der Junge mit den grauen Haaren unter einer Decke? War Jimmi einfach nur ein guter Schauspieler? Mann, wenn doch alles auf der Welt so einfach wäre wie Mathematik!

»Ich gehe«, sagte Jimmi.

»Wohin?«

»In den Wald.«

»Du bleibst hier«, sagte JoJo. »Wenn wir gehen, dann alle zusammen.«

Murats Gesicht verfärbte sich erneut. »Idiot!«, schrie er los. »Du bist ja ein solcher Idiot, JoJo!«

Er wollte weiterbrüllen, da machte Jimmi einen raschen Schritt auf ihn zu und griff ihn mit Daumen und Zeigefinger an der Schulter. Nach nichts sah das aus, nur nach einer leichten Berührung. Aber Murat schrie vor Schmerzen auf und ging in die Knie.

»JoJo ist kein Idiot«, sagte Jimmi leise.

»Lass los!«, ächzte Murat.

»JoJo ist kein Idiot«, wiederholte Jimmi, nun etwas lauter.

»Nein«, stöhnte Murat. »JoJo ist kein Idiot.«

Kaum hatte er das gesagt, ließ ihn Jimmi los. Murat sprang mit einem wütenden Schrei auf die Füße und rannte, ohne sich noch einmal umzudrehen, die Straße hinunter.

»Das hättest du nicht tun dürfen«, sagte JoJo, während sie zurück ins Haus gingen.

»Du bist kein Idiot«, sagte Jimmi.

»Murat hat es nicht so gemeint«, erwiderte JoJo. »Er ist oft wütend. Aber in spätestens zehn Minuten hätte er sich entschuldigt.«

»Tut mir leid«, murmelte Jimmi.

»Schon gut«, sagte JoJo. »Du konntest es ja nicht wissen. Übrigens: Bringst du mir den Griff bei?«

Drittes Kapitel

In jeder Schule laufen Jungs herum, die glauben, den dicken Max spielen zu müssen. JoJo, Murat und Mai Lyn gingen zum Schiller-Gymnasium. Dort gab es gleich fünf von der Sorte. Sie nannten sich DIE HAMMER-BOYS. Damit auch jeder wusste, mit wem er es zu tun hatte, trugen sie auf ihren T-Shirts Abzeichen, auf denen ein knallroter Hammer zu sehen war. In der Gegend zwischen ihren Ohren war nicht viel los. JoJo vermutete sogar, dass in ihren Schädeln bis auf ein bisschen blasse Hirnflüssigkeit absolute Leere herrschte. Das hätte er natürlich nie laut gesagt. Er war schließlich nicht lebensmüde.

Wann immer in der Schule krumme Sachen liefen, waren die Hammer-Boys beteiligt. Alle wussten davon – außer den Lehrern. Die fünf Jungen hatten es besonders auf die Mädchen abgesehen. Bei Mai Lyn waren sie allerdings an die Falsche geraten. Sie hatte dem Anführer der Hammer-Boys – Kai hieß er und war einen Kopf größer als sie – bei einer Keilerei einmal ihr spitzes Knie direkt in die ... na ja, in den Unterleib gerammt. Seitdem ließ man sie in Ruhe.

Die Hammer-Boys wären gern zu sechst gewesen. Vom ersten Schuljahr an hatten sie Murat zu überreden versucht, bei ihnen mitzumachen. Doch er hatte immer abgelehnt. Erstens musste er auf JoJo aufpassen. Ehrensache. Zweitens hatte ihm Mai Lyn deutlich zu verstehen gegeben, dass es zwischen ihnen aus war, wenn er sich der Bande anschloss.

Und drittens gehörte er zum Geheimen Buchclub, den er vor ein paar Jahren mit JoJo und Mai Lyn gegründet hatte. Die drei waren leidenschaftliche Leser und tauschten ihre Bücher regelmäßig aus – heimlich natürlich, damit niemand was davon erfuhr. Schließlich fanden die meisten Kinder aus ihrer Klasse Lesen ungefähr so uncool wie Häkeln oder Zimmeraufräumen. Eine Bande reichte Murat vollkommen. Mehr musste nicht sein.

Aber jetzt war er wütend – auf JoJo, auf Mai Lyn und auf Jimmi sowieso. Und als ihn Kai ausgerechnet an diesem Tag anrief und um ein Treffen bat, zögerte Murat keine Sekunde.

Die Hitze war inzwischen fast unerträglich geworden. Über den Hügeln jenseits der Stadt braute sich ein Gewitter zusammen. Auf den

Straßen war der Asphalt weich wie gut durchgekautes Kaugummi, man musste aufpassen, nicht mit den Schuhen stecken zu bleiben. Im Garten von JoJos Eltern hatten die Kinder die Hängematten in den Schatten der Apfelbäume gehängt. Trotzdem schwitzten sie, dass ihnen Hosen und Shirts am Körper klebten.

Auch JoJos Urgroßmutter litt unter der Hitze. Urma saß in einem geflochtenen Stuhl neben der japanischen Kirsche und wischte sich alle paar Minuten den Schweiß ab. Trotz ihrer Erschöpfung hatte sie noch Zeit gefunden, den Kindern selbst gemachte Limonade und Plätzchen zu bringen, die vom letzten Weihnachtsfest übrig geblieben waren.

»Wo ist eigentlich Murat?«, wollte sie von JoJo wissen.

JoJo nahm einen großen Schluck von seiner

Limo. »Wir hatten Streit«, antwortete er, nachdem er leise gerülpst hatte.

»Ihr hattet schon so oft Streit«, sagte Urma.

»Diesmal ist es was anderes«, murmelte JoJo. »Diesmal ist Murat richtig sauer.«

»Ruf ihn an«, sagte Urma.

»Meinst du?«

»Natürlich«, antwortete sie. »Je länger ein Streit dauert, desto schwieriger wird es, sich zu versöhnen.«

JoJo ließ sich aus seiner Hängematte fallen und lief zum Telefon. Das heißt, er ging. Zum Laufen war es einfach zu heiß.

»Ayse Kurt«, meldete sich Murats Mutter. Am Anfang hatte es JoJo zum Piepen gefunden, dass es Türken gab, die mit Familiennamen »Kurt« hießen. Inzwischen war es für ihn normal.

»Hier ist JoJo. Kann ich Murat sprechen?«

»Ist er denn nicht bei euch?«

»Nein.«

»Das verstehe ich nicht. Bevor er ging, hat er mir gesagt, dass er seine Freunde treffen will.«

»Wann war das?«

»Vor einer Stunde.«

Nachdenklich kehrte JoJo in den Garten zurück. Wenn Murat seiner Mutter die Wahrheit gesagt hatte, hätte er eigentlich schon lange da sein müssen. Wen hatte er unterwegs getroffen? Hatte er Freunde, von denen sie nichts wussten?

»Was ist mit Murat?«, fragte Mai Lyn, nachdem JoJo zurück in seine Hängematte geklettert war.

»Er ist unterwegs«, antwortete JoJo.

»Worüber habt ihr euch eigentlich gestritten?«, wollte Mai Lyn weiter wissen.

JoJo schaute zu Jimmi hinüber. Der schien zu schlafen. »Über nichts Besonderes. Murat kriegt sich schon wieder ein.«

Doch irgendwann ging es auf den Abend zu und Murat war noch immer nicht aufgetaucht. Die Hitze hatte kaum nachgelassen, das Gewitter, von dem man bereits die ersten Donnerschläge hatte hören können, hatte sich wieder verzogen. Ein paar Mal hatte Mai Lyn JoJo fragend angeschaut. Aber der hatte sie nur angelächelt und so getan, als wüsste er nicht, was ihr Blick zu bedeuten hatte. Murat war manchmal schwierig, sehr schwierig sogar. Aber ohne ihn war das Leben langweilig – trotz Jimmi.

»Ich gehe nach Hause«, sagte Mai Lyn ir-

gendwann und gähnte, dass ihre Mundwinkel die Ohren küssten.

»Ich komme mit«, sagte Jimmi.

»Ich auch«, beeilte sich JoJo zu sagen. Ihm gefiel nicht, wie Mai Lyn Jimmi anschaute. Es konnte nicht schaden, auf die beiden aufzupassen.

Obwohl es ihnen ihre Eltern ausdrücklich verboten hatten, nahmen die Kinder die Abkürzung durch den Stadtpark. Dort war es in den letzten Jahren immer wieder zu Überfällen gekommen. Doch jetzt waren sie zu dritt und außerdem war es noch hell. Kein Mensch würde um diese Zeit drei Kinder überfallen.

Den Park hatte man so angelegt, dass er von der Stadt wie ein riesiger Handschuh umschlossen wurde. In seiner Mitte befand sich ein mit Schilf und weißen Seerosen bewach-

sener See, auf den die Spazierwege sternförmig zuliefen. Zwei breite Alleen zogen sich durch den Park, die eine in Nord-Süd-, die andere in Ost-West-Richtung. Überall gab es kleine, von Unterholz überwucherte Verbindungswege, um die sich niemand zu kümmern schien.

Wenn JoJos Hirn einmal nichts zu tun hatte, wurde er kribbelig. In solchen Momenten begann er wie verrückt an seinen Nägeln zu kauen oder riss sich die Augenbrauen aus. Seine Eltern waren mit ihm deswegen sogar zu einer Beratungsstelle gegangen. Hinterher hatte der Psychologe zu ihnen gesagt: »Der Junge braucht Futter für seinen Kopf, sonst langweilt er sich. Sorgen Sie dafür, dass er immer genug zum Denken hat, dann wird er sich auch nicht die Augenbrauen ausreißen.«

Jetzt hatte JoJo nichts zu denken. Und das machte ihn nervös, sehr nervös sogar.

Er wollte gerade den eingerissenen Nagel seines linken Zeigefingers abbeißen, da stürmten aus einem der zugewachsenen Wege fünf Jungen auf sie zu. Verdammt, das waren die Hammer-Boys! Was wollten die denn von ihnen?

Jedes andere Kind wäre weggelaufen oder hätte sich wenigstens in Abwehrhaltung aufgestellt. Doch was tat JoJo? Er dachte nach. Und deshalb hatte er auch gegen den Jungen, der ihm einen kräftigen Schlag gegen die Brust versetzte, nicht die Spur einer Chance. In hohem Bogen flog JoJo ins Gebüsch. Nach Luft schnappend beobachtete er, wie sich zwei der Jungen auf Mai Lyn stürzten und sie wegzuschleppen versuchten. Aber so leicht gab sich

das Mädchen nicht geschlagen. Mai Lyn trat um sich, biss einen der Jungen in die Hand und kratzte dem zweiten das Gesicht blutig.

Ein paar Meter weiter prügelten sich die anderen drei Bandenmitglieder, unter ihnen auch ihr Anführer Kai, mit Jimmi. Sie versuchten ihm die Beine wegzutreten und griffen ihn gleichzeitig von drei Seiten an. Aber Jimmi wehrte ihre Angriffe mit fast spielerischer Leichtigkeit ab.

Was sollte JoJo tun? Jimmi kam allein klar, er hatte gerade zwei seiner Angreifer in den Schwitzkasten genommen. Nein, Mai Lyn war es, die JoJos Hilfe brauchte, und zwar schnell!

Die beiden Jungen hatten es inzwischen fast geschafft, das Mädchen in einen der zugewachsenen Verbindungswege hineinzuziehen. Lange reichte Mai Lyns Kraft nicht mehr,

ihre Bewegungen wurden schon schwächer. Entschlossen sprühte sich JoJo eine Extraportion Medizin in den Mund und rappelte sich hoch. Die Jungen waren einen Kopf größer als er und sicher doppelt so stark. Doch das war ihm jetzt egal. Er musste Mai Lyn helfen, etwas anderes zählte nicht. Dafür war er sogar bereit, sein Gehirn auszuknipsen.

JoJo warf sich von hinten auf einen der beiden Angreifer, umklammerte seinen Hals, um ihn von Mai Lyn wegzureißen – da rutschte er ab. Doch nicht nur das. Im Fallen erhielt JoJo einen so fürchterlichen Tritt gegen den Kopf, dass er Sterne über den Himmel tanzen sah. Das Letzte, was er hörte, war die Frage: »Was will der kleine Stinker?« Dann legte sich pechschwarze Nacht über seine Augen.

Er kam zu sich, als ihm jemand vorsichtig

die Wange tätschelte. JoJos Kopf schmerzte, die Schläfe, an der ihn der Tritt getroffen hatte, fühlte sich taub an. Mit einiger Mühe öffnete er die Augen. Das Sonnenlicht blendete ihn so sehr, dass er sie sofort wieder schließen musste. Aber er hatte genug gesehen. Vor ihm hockte Jimmi. Dem Jungen schien nichts passiert zu sein.

»Wie geht's?«, hörte JoJo ihn fragen. Wenn es nicht so wehgetan hätte, hätte er gegrinst. »Wie geht's?« war wirklich eine absolut geniale Frage an jemanden, der gerade k.o. geschlagen worden war.

»Wie lange war ich weg?«, fragte JoJo zurück.

»Nicht lange«, antwortete Jimmi.

»Nicht lange« konnte alles mögliche bedeuten: fünf Minuten, zehn Minuten, eine

Stunde. Aber Jimmi besaß keine Uhr. Das entschuldigte die ungenaue Auskunft.

JoJo richtete sich stöhnend auf. »Was ist mit Mai Lyn?«

»Mai Lyn? Ich ... ich ... weiß ... nicht ...«, stotterte Jimmi. »Gerade war sie noch da!«

Mit einem Satz sprang JoJo hoch. Das hätte er besser nicht getan. Denn im selben Moment breitete sich in seinem Kopf ein Schmerz aus, als hätte er unter einer Dampfwalze gelegen. »Zwei von den Hammer-Boys haben sie mitgenommen!«, rief er aufgeregt.

Jimmi wollte sofort losrennen, doch JoJo hielt ihn zurück. Es war besser, erst einmal nachzudenken, bevor sie sich für nichts und wieder nichts die Absätze schief liefen.

»Hast du vielleicht gesehen, in welche Richtung die Jungs gelaufen sind?«, fragte JoJo.

Jimmi dachte einen Augenblick nach. Dann zeigte er nach Süden: »Dorthin. Aber ich bin mir nicht sicher.«

»Alle fünf oder nur die drei, die dich angegriffen haben?«

»Nur die drei«, antwortete Jimmi. »Von den anderen weiß ich nichts. Es tut mir sehr leid.«

Manchmal dauert es seine Zeit, bis der Groschen fällt – sogar bei einem Jungen wie JoJo. Aber plötzlich war ihm alles klar. Klar wie der Stadtparksee, in dessen spiegelglatter Oberfläche sich die letzten Gewitterwolken spiegelten. Die Hammer-Boys hatten es von Anfang an nur auf Mai Lyn abgesehen! Die Schlägerei mit Jimmi hatte bloß zur Ablenkung gedient. Und der Plan der Bande war hundertprozentig aufgegangen. Zwischen den Ohren der fünf

Jungs schien es doch mehr Hirnschmalz zu geben, als JoJo bisher geglaubt hatte. Aber warum hatten sie Mai Lyn entführt? Wollte sich Kai für den Fußtritt in seine besten Teile rächen? Warum hatte er das nicht früher getan? Wofür dieser Aufwand? Mai Lyn war oft genug allein unterwegs. Es wäre für die Hammer-Boys viel ungefährlicher gewesen, ihr bei einer solchen Gelegenheit aufzulauern.

»Und jetzt?«, fragte Jimmi, weil JoJo immer noch schwieg.

»Jetzt holen wir Mai Lyn zurück«, antwortete JoJo.

»Wo?«

JoJo nahm sein Handy aus der Tasche und tippte eine Nummer ein. »Das wird mir Murat sagen. Der hat sich mal mit den Hammer-Boys getroffen. Ist lange her.«

Doch Murat war noch immer nicht zu erreichen, es war wie verhext. JoJo sprach ihm eine kurze Nachricht auf die Mailbox und klappte sein Handy wieder zu.

»Was wird aus Mai Lyn?«, fragte Jimmi.

»Ich habe da eine Idee«, antwortete JoJo.

Viertes Kapitel

Zu Hause angekommen vertiefte sich JoJo unverzüglich in das unterarmdicke Telefonbuch. Zu dumm, dass der Anführer der Hammer-Boys mit Familiennamen Meier hieß. »Unverzagt« wäre einfacher gewesen oder noch besser »Melecskowski«. Aber der Name »Meier« füllte nicht weniger als drei Seiten! JoJo begann mit Axel Meier, Dipl. Ing. (FH), rief danach Jutta Meier, Heilpädagogin, an und landete nach einem Telefonat mit Prof. Dr. phil. Hans-Joachim Meier bei Martina Meier, Ernährungsberatung.

»Haben Sie einen Sohn, der Kai heißt, dreizehn Jahre alt ist und aufs Schiller-Gymnasium

geht?«, fragte JoJo, nachdem sich die Frau gemeldet hatte.

»Ja«, antwortete eine kuschelweiche Stimme. Ob die vielleicht von der guten Ernährung kam? »Was ist mit ihm?«

Für diese Frage hatte sich JoJo schon eine passende Antwort zurecht gelegt. »Ich habe seinen Schülerausweis gefunden«, erklärte er.

»Da hat er aber Glück gehabt«, sagte Kais Mutter. »Am besten bringst du den Ausweis gleich her. Wir wohnen hinterm Stadion.«

Auch damit hatte JoJo gerechnet. »In einer Stunde fahre ich mit meinen Eltern in Urlaub«, erwiderte er. »Wissen Sie vielleicht, wo ich Kai auf die Schnelle finden kann?«

»Er ist mit seinen Freunden oft in dem Wäldchen hinterm Freibad«, antwortete die Frau. »Da haben sie eine Baumbude.«

»Danke!«, rief JoJo, bevor die Frau weiterreden konnte, und legte auf.

»Komm«, sagte er zu Jimmi. »Es geht los!«

Aus dem Freibad im Süden der Stadt ertönten Kindergeschrei, krächzende Lautsprecherdurchsagen und Warnrufe, sobald sich jemand vom Sieben-Meter-Turm stürzte. Doch kaum hatten JoJo und Jimmi das Wäldchen betreten, das unmittelbar hinter den Liegewiesen begann, wurde es still um sie herum. Irgendwo hackte ein Specht auf einen Baum ein, in der Ferne bellte ein Hund. Ansonsten aber kam es JoJo vor, als wären sie von einem Moment zum anderen in einen großen Berg Watte gefallen.

»Was wollen wir ...?«, begann Jimmi.

Doch JoJo bedeutete ihm zu schweigen. Die Hammer-Boys konnten Wachen aufgestellt

haben. Wenn sich JoJo und Jimmi zu früh verrieten, war alles verloren.

Irgendwann hielt JoJo Jimmi am Arm fest und wies mit dem Kopf nach oben. In die Astgabel einer mächtigen Linde war ein Baumhaus gebaut. Es besaß eine massive hölzerne Bodenplatte, die Wände bestanden aus unterschiedlich breiten Brettern, das Dach war mit grauer Wellpappe gedeckt. Eine Strickleiter endete vier oder fünf Meter über dem Waldboden. JoJo zog Jimmi hinter einen großen Busch, von dem aus sie den Baum im Blick hatten, ohne selbst gesehen zu werden. Zumindest hoffte JoJo das.

»Sie sind da«, flüsterte Jimmi.

»Ich höre nichts«, flüsterte JoJo zurück.

»Sie sind da«, wiederholte Jimmi. »Und sie haben Mai Lyn.«

»Bist du sicher?«, fragte JoJo, der seine Ohren anstrengte, aber nicht den kleinsten Laut hören konnte.

»Ja.«

Und was jetzt?, überlegte JoJo. Nichts war leichter zu verteidigen als ein Baumhaus. Im Normalfall reichten zwei Jungen aus, um zehn Angreifer zurückzuschlagen. Zu fünft waren sie so gut wie unbesiegbar. Wenn die Hammer-Boys wenigstens die Strickleiter bis zum Boden hinuntergelassen hätten. Dann hätten Jimmi und er sie abschneiden und Mai Lyns Entführer aushungern können.

Zum Glück schienen die Hammer-Boys sie noch nicht bemerkt zu haben. Das gab ihnen Zeit zum Nachdenken. JoJo wollte gerade damit anfangen, da flüsterte Jimmi: »Ich komme von oben. Du schreist.«

»Warum soll ich schreien?«, wollte JoJo wissen. Es passierte ihm nicht oft, dass er auf der Leitung stand. Vielleicht zweimal im Jahr. Höchstens dreimal.

»Du lenkst sie ab«, erklärte Jimmi geduldig. »Und ich hole Mai Lyn.«

JoJo tippte sich an die Stirn. »Du bist verrückt«, sagte er. »Total Banane. Wie willst du da raufkommen? Das sind mindestens acht Meter!« Natürlich musste er in diesem Moment an die Buche im Hungerforst denken. Er hatte erlebt, dass Jimmi klettern konnte wie niemand sonst. Aber da hatte Murat für den Jungen das Trampolin gespielt und es waren höchstens fünf Meter bis zum ersten Ast gewesen.

»Außerdem bist du allein. Und die sind zu fünft!«, fuhr JoJo fort. »Das schaffst du nie!«

»Ich komme von oben«, wiederholte Jimmi ungerührt. »Du schreist.«

Bevor JoJo etwas sagen konnte, hing Jimmi auch schon an der Eiche, die gleich neben der Linde stand, und kletterte geschickt nach oben. Auf halber Höhe hielt er an und gab JoJo ein Zeichen, mit dem Schreien anzufangen.

Zuerst winkte der ab. Er hatte nicht die geringste Lust, sich lächerlich zu machen. Doch schließlich verließ JoJo das Versteck. Konnte ja sein, dass Jimmis Plan funktionierte. Und wenn nicht, hatten sie es wenigstens versucht.

»Heh!«, brüllte JoJo. »Ihr da oben!«

Nichts rührte sich.

»Heh!«, schrie JoJo, so laut er konnte – und trotz seines Luftkaspers konnte er sehr laut. »Ich weiß, dass ihr da seid!«

Jetzt öffnete sich eine Tür. Kai trat auf die Plattform hinaus. »Was willst du, Kleiner?«, fragte er. Es klang, als hätte er eine heiße Kartoffel im Mund. Wenn JoJo sich nicht täuschte, war Kais rechte Backe ein ganzes Stück dicker als die linke. Jimmi schien bei der Prügelei im Stadtwald gut gezielt zu haben.

»Rückt Mai Lyn raus!«, rief JoJo.

Der Anführer der Hammer-Boys lachte spöttisch. »Wen sollen wir rausrücken?«, fragte er.

»Mai Lyn!«, rief JoJo. »Lasst sie sofort frei, sonst...«

»Sonst?«, unterbrach ihn Kai. »Willst du mir etwa drohen, Kleiner?«

Genau in diesem Moment fiel ein Schatten auf das Baumhaus. Jimmi hatte es tatsächlich geschafft! Kaum war der Junge auf dem Dach der Hütte gelandet, sprang er von dort

aus dem wie versteinert dastehenden Kai ins Genick. Mit einem einzigen Ringergriff nahm er ihn in den Schwitzkasten und verschwand mit ihm im Innern des Hauses.

JoJo hätte eine Menge darum gegeben, Zeuge dessen zu sein, was jetzt folgte. Aber leider lagen acht Meter zwischen ihm und der Baumbude. Für eine Weile hörte er nichts als Stöhnen, Fluchen und unterdrückte Schmerzensschreie. Das Baumhaus schwankte wie im Sturm hin und her, ein Bodenbrett begann sich zu lösen, es schien nur eine Frage der Zeit zu sein, wann das Haus mit Mai Lyn, Jimmi und den Hammer-Boys herunterkrachte.

Dann war es auf einmal still, so still, dass man die Regenwürmer im Waldboden hätte graben hören können. Einen Augenblick später trat Kai aus der Tür. Seine Nase blutete, auf seiner Stirn war eine breite Schramme zu sehen, die Backe schien noch dicker geworden zu sein. Stumm ließ er die Strickleiter hinunter und machte sich an den Abstieg. Seine

Freunde folgten ihm. Sie sahen kaum besser aus als ihr Anführer. Ohne JoJo eines Blickes zu würdigen, schlichen sie davon.

»Komm rauf!«, hörte JoJo Jimmi rufen.

Der Knabe hatte gut reden! JoJo hatte noch nie eine Strickleiter benutzt. Er gab sich alle Mühe, ohne allzu viel Gewackel hinaufzusteigen. Aber es gelang ihm nicht. Die Leiter drehte sich bei jeder seiner Bewegungen nach links und rechts, er bekam Angst, in die Tiefe zu stürzen. Und im Fernsehen sah das immer so einfach aus! Doch schließlich hatte er es geschafft. Jimmi gab JoJo die Hand und zog ihn mit einem Ruck auf die Plattform. Dann holte er die Strickleiter ein. Es sah aus, als machte er das jeden Tag.

»Danke«, ächzte JoJo. Bergsteiger würde er niemals werden, das schwor er sich. »Was ist

mit Mai Lyn?«, fragte er und fügte hinzu: »Du hast Blut auf dem T-Shirt!«

»Komm«, wiederholte Jimmi.

Das Innere der Hütte war mit alten Teppichen ausgelegt, an den ungestrichenen Bretterwänden klebten Poster von AC/DC, an die Decke hatte jemand ein Monster mit riesigen Augen und einer gewaltigen Zunge gesprayt, an der Tür hing ein rot angestrichener Vorschlaghammer. Es roch nach verschütteter Cola und Schweiß. Mai Lyn saß in einer Ecke des Raums auf dem Boden und kaute an ihren Fingernägeln. Auf den ersten Blick fehlte ihr nichts.

»Alles klar?«, fragte JoJo. Am liebsten hätte er Mai Lyn umarmt, so erleichtert war er. Aber er traute sich nicht. Vor ein paar Jahren hatte

er ihr an ihrem Geburtstag einen Kuss geben wollen. Da hatte sie ihm eine derartige Ohrfeige verpasst, dass der Abdruck ihrer Hand erst zwei Tage später von seiner Backe verschwunden war.

Ohne ihn anzusehen, nickte Mai Lyn. JoJo folgte ihrem Blick – und entdeckte Murat! Er saß neben einer Fensterluke, hielt den Kopf gesenkt und schob den Teppich mit den Füßen hin und her.

»Was tust du denn hier?«, rief JoJo.

Murat schwieg. Vielleicht sank ihm der Kopf noch ein wenig tiefer zwischen die Schultern.

JoJo ging zu ihm und schüttelte ihn. »Mensch, Murat!« Obwohl er sich die Antwort denken konnte, fragte er: »Haben dich die Typen etwa auch entführt?«

Murat schwieg.

»Oder gehörst du zu den Hammer-Boys?«, fuhr JoJo mit seiner Befragung fort.

Jetzt endlich hob Murat den Kopf. In seinen Augen standen Tränen, aus seiner Nase lief Rotz. »Ich habe Scheiße gebaut«, murmelte er und schniefte. »Totale Scheiße.«

»Erzähl«, sagte JoJo.

»Ich kann nicht«, flüsterte Murat.

»Was soll das heißen, du kannst nicht? Gehörst du zu denen oder zu uns?«, fragte JoJo.

Murat zögerte keine Sekunde. »Zu euch«, antwortete er und erneut flossen ihm Tränen über die Backen.

So erfuhren die Freunde schließlich, dass Murat sich gleich nach dem Streit in JoJos Garten mit Kai getroffen und ihm von Jimmi erzählt hatte. Dass der Junge mit den grauen Haaren so tue, als wäre er unbesiegbar. Dass

er sich aufführe, als wäre er Superman, Spiderman und Batman in einer Person. Was Murat ihm berichtete, hatte Kai auf die Idee gebracht, herauszufinden, wie stark Jimmi wirklich war.

»Deshalb haben die Hammer-Boys Mai Lyn entführt«, stellte JoJo fest. »Sie war nur der Köder, um Jimmi zum Baumhaus zu locken.«

Murat nickte.

»Woher wusstet ihr, wo ihr uns findet?«, fragte JoJo. Er musste sich eingestehen, dass er sich getäuscht hatte. Die Sache war genau anders herum gewesen, als er es sich überlegt hatte.

Ein Lächeln flog über Murats Gesicht. »Wir haben Mai Lyn immer durch den Stadtpark nach Hause gebracht«, antwortete er. »Die Hammer-Boys brauchten nur auf euch zu warten.«

Er wollte noch etwas sagen, doch JoJo gab ihm ein Zeichen zu schweigen. Sein alter Freund Murat hatte sie an die Hammer-Boys verraten. Das musste er erst einmal verdauen.

Irgendwann wandte sich JoJo an Mai Lyn. »Haben sie dir was getan?«, fragte er.

»Nein.«

»Wirklich nicht?«

»Wenn ich's dir sage. Übrigens – Murat hat Jimmi geholfen.«

Jimmi nickte und zeigte auf sein rechtes Knie. Es war ziemlich geschwollen. »Ohne Murat hätte ich es nicht geschafft«, sagte er.

Draußen sang eine Amsel oder ein Star oder eine Lerche oder was für ein Vogel auch immer. Durch die Ritzen der Bretter drang Sonnenlicht herein. Es legte sich in unregelmäßigen Streifen auf den Boden. Außerdem kam Wind auf.

Er schien den Holzboden in leichte Schwingungen zu versetzen. Doch vielleicht bildete sich JoJo das auch nur ein.

»Hast du denen vom Geheimen Buchclub erzählt?«, fragte er.

»Bist du verrückt?«, rief Murat. »Das würde ich niemals tun! Ich schwöre!«

»Warum bist du nicht mit Kai und seinen Jungs in den Stadtwald gekommen?«, setzte JoJo das Verhör fort.

»Dann hättest du doch sofort gewusst, was los ist«, antwortete Murat.

Der Wind blies von Minute zu Minute stärker. In der Krone der Linde rauschte es wie bei einem Orkan, ein paar Mal knackte die Holzplattform bedrohlich. Obwohl er nichts lieber getan hätte, traute sich JoJo nicht den anderen vorzuschlagen, das Baumhaus zu verlas-

sen. Mai Lyn, Jimmi und Murat machten nicht den Eindruck, als fürchteten sie sich.

Irgendwann stand Jimmi auf. Die Hütte war gerade hoch genug, dass er nicht den Kopf einziehen musste. »Sie kennen also meinen Namen«, sagte er zu Murat.

Der nickte.

»Was hast du ihnen noch erzählt?«

»Nur dass du stark bist«, antwortete Murat. »Sehr stark.«

»Wissen sie, dass ich bei JoJo wohne?«, fragte Jimmi weiter.

»Ich glaube nicht.«

»Was soll das heißen ›ich glaube nicht‹?«, rief Mai Lyn.

»Na ja, ich habe ihnen gesagt, dass ihr bei JoJo seid«, antwortete Murat kleinlaut.

Fünftes Kapitel

Auf dem Weg nach Hause ging JoJo alles Mögliche durch den Kopf. Sollten sie Murat rauswerfen? Ein kräftiger Tritt in den Allerwertesten und aus die Maus? Sollten sie sich eine besondere Strafe für ihn ausdenken? Irgendetwas, das Murat ein für allemal von ähnlichen Aktionen abhielt? Sollten sie ihn zum Beispiel nackt in einen Ameisenhaufen setzen oder ein Glas mit lebenden Kaulquappen austrinken lassen? Sollten sie ihm einen gefährlichen Auftrag geben, damit er sich bewähren konnte? Oder sollten sie ihn nur für eine gewisse Zeit ausschließen? Bis zum Ende der Sommerferien vielleicht oder bis Weihnachten? Murat hatte

einen Eid geschworen, sie niemals zu verraten. Und jetzt hatte er es doch getan.

Murat schien JoJos Gedanken lesen zu können. »Macht mit mir, was ihr wollt«, sagte er, als sie das Wäldchen verließen. Im Freibad war es leiser geworden, man konnte wieder miteinander reden, ohne schreien zu müssen. »Hauptsache, ihr schmeißt mich nicht raus.«

»Und was ist mit Jimmi?«, rief Mai Lyn. »Ihr beide zusammen – das geht nicht!«

Bis zu diesem Augenblick hatte Jimmi in den Himmel geschaut und von Zeit zu Zeit etwas vor sich hin gemurmelt. »Wieso geht das nicht?«, fragte er jetzt.

Bevor Mai Lyn antworten konnte, sagte Murat: »Jimmi ist in Ordnung. Das weiß ich jetzt. Schwer in Ordnung sogar.«

Damit drehte er sich zu dem Jungen mit den grauen Haaren um. »Es tut mir leid, dass ich dich für einen Betrüger gehalten habe«, sagte er. »Ehrlich. Du kannst immer auf mich zählen.«

»Ich … verstehe … nicht«, stotterte Jimmi. »Wieso soll ich auf dich zählen?«

»Sag mir, was ich tun soll, und ich werde es tun«, antwortete Murat und streckte Jimmi

die Hand hin. »Du kannst sogar meinen Piratenring haben«, fügte er hinzu.

Jimmi schlug mit einem kaum sichtbaren Lächeln ein. »Den Ring will ich nicht. Aber ich fände es schön, wenn wir wieder zu viert wären«, sagte er.

»O.k.«, knurrte Mai Lyn.

»Meinetwegen«, sagte JoJo.

»Echt?«, rief Murat.

»Echt«, antwortete Mai Lyn.

»Na dann«, sagte JoJo, der heilfroh darüber war, wie die Sache ausgegangen war. Ohne Bestrafung. Ohne Ameisen oder Kaulquappen. Er mochte nun mal keinen Streit. Und Streit unter Freunden schon gar nicht. »Was jetzt?«, fragte er.

»Wir gehen zu mir«, schlug Murat vor. »Bei uns gibt's heute türkische Pizza.«

»Aber wir sind zu viert«, gab Mai Lyn zu bedenken.

»Egal«, erwiderte Murat. »Meine Mutter kocht sowieso immer viel zu viel.«

Kaum hatten die Kinder das Grundstück der Familie Kurt betreten, kam Murats Vater Berkan auf sie zugelaufen. Er war ein mittelgroßer Mann mit dunkelroten Haaren, strahlend blauen Augen und der Figur eines Boxweltmeisters. Im Keller der Villa hatte er einen Fitnessraum mit einem Haufen seltsamer Geräte eingerichtet, an denen er trainierte, wann immer ihm seine Arbeit an der Universität Zeit dazu ließ. Murat hatte ihnen den Raum mal gezeigt. Mai Lyn war begeistert gewesen, aber JoJo war er eher wie eine mittelalterliche Folterkammer vorgekommen.

»Mein Sohn!«, rief Murats Vater und breitete seine Arme weit aus. »Mein geliebter Sohn!«

JoJo musste grinsen. Jede Begegnung mit Murats Vater verwandelte sich früher oder später in eine Theateraufführung. Seine Studenten liebten ihn dafür – und Murats Freunde auch.

»Was ist denn los, Papa?«

»Was los ist, meine Freunde?« Er zeigte auf den rundum verglasten Wintergarten, der die Villa mit dem Garten verband. »Da drinnen sitzt mein geschätzter Kollege aus der Geologie und geht mir auf die Nerven!«

»Sie meinen bestimmt, aus der Geografie«, korrigierte ihn JoJo.

Murats Vater drohte ihm lächelnd mit dem Finger. »Nicht so voreilig, mein kleiner kluger

Freund. Die Geografen konnten mit eurem Tuch nichts anfangen. Da bin ich zu den Geologen gegangen.«

»Ja und?«, fragte Murat.

»Er will von mir wissen, wo sich die Lichtung befindet, auf der ihr das Tuch gefunden habt«, antwortete sein Vater. »Sagt's ihm. Aber bitte schnell! Damit er endlich verschwindet. Der Mensch ist ein entsetzlicher Langweiler!«

Die Kinder liefen ins Haus, zogen sich die Schuhe aus und gingen in den Wintergarten. Dort saß ein weißhaariger Mann mit schwarzer Brille und grauem Anzug. Als er die Kinder sah, erhob er sich und gab jedem feierlich die Hand. »Meine Name ist Obermeier. Professor Ernst Obermeier. Ich bin Direktor des Geologischen Instituts der hiesigen Universität. Dein Vater, Murat, hat mir den Stoff gegeben, den

ihr im Wald gefunden habt. Ich muss gestehen, dass wir ihn zuerst nicht sehr gründlich untersucht haben. Aber einer meiner Mitarbeiter – ein tüchtiger Mann übrigens! – hat das nachgeholt. Und dabei hat er etwas Interessantes entdeckt…«

»Was denn?«, unterbrach ihn Mai Lyn ungeduldig. Sie konnte Erwachsene nicht ausstehen, die endlose Vorträge hielten.

Der Professor räusperte sich, zog ein mindestens tischtuchgroßes Taschentuch aus der Hosentasche und wischte sich die Schweißtropfen von der Stirn. »Nun ja, mein Kind, wir haben an dem Tuch Substanzen gefunden, die, soviel wir wissen, nicht auf unserer Mutter Erde vorkommen.«

»Was bedeutet das?«, fragte Mai Lyn.

»Möglicherweise ist im Hungerforst ein

Meteorit niedergegangen. Eine andere Erklärung haben wir nicht. Ein Meteorit ist ein Himmelskörper, der …«

»Wir wissen, was ein Meteorit ist«, fiel ihm Mai Lyn ein zweites Mal ins Wort.

»Wirklich? Das ist aber sehr erstaunlich. Na schön, mein Kind. Um zu überprüfen, um was genau es sich handelt, müssen wir unbedingt Bodenproben nehmen«, sagte Professor Obermeier. »Könnt ihr mir bitte beschreiben, wo sich die Lichtung befindet?«

Die Kinder schauten sich an. Zuerst schüttelte JoJo den Kopf, dann seine Freunde.

»Wollt ihr nicht, oder könnt ihr nicht?«, mischte sich Murats Vater ein. Früher hatte Murat behauptet, keinem Menschen sei es jemals gelungen, seinem Vater etwas vorzumachen. Er sei immerhin Psychologie-Professor

und wisse genau, was in den Köpfen der Leute vor sich gehe. Seit letztem Jahr behauptete Murat das nicht mehr. Da hatten sie es geschafft, seinen Vater in den April zu schicken. Hinterher hatte er gelacht, dass die Wände wackelten. Sie hatten ihn nämlich zur angeblichen Eröffnungsfeier eines neuen türkischen Restaurants in die Goethestraße 7 geschickt. Dafür hatten sie an JoJos Computer eine erstklassige Einladung entworfen und sie auf bestem Fotopapier ausgedruckt. Das Haus Goethestraße 7 entpuppte sich dann allerdings als Geschäft für Damenunterwäsche …

»Ich führe Sie hin«, sagte Murat zu Professor Obermeier. »Ich weiß den Weg. Wollen wir gleich los?«

Der Professor schüttelte den Kopf. Der Sonnenball versank gerade hinter dem Horizont,

das Vorgebirge jenseits des Güterbahnhofs schien in Flammen zu stehen. »Heute sehen wir nicht mehr genug. Kannst du morgen früh um acht?«

»Wir haben Ferien«, antwortete Murat und entfernte dabei ungeniert einen Popel aus seiner Nase, was sein Vater mit einem müden Kopfschütteln quittierte. »Wie wär's mit neun?«

Professor Obermeier zog die buschigen Augenbrauen hoch. Bestimmt erlebte er nicht oft, dass man auf seine Wünsche nicht einging. »In Ordnung«, sagte er schließlich. »Wir holen dich ab.«

Ziemlich genau 24 Stunden später bauten Murat und Mai Lyn im Garten von JoJos Eltern den großen Grill auf. Urma hatte JoJo zum Metzger

geschickt, um Fleischspieße, Grillwürste und Schnitzel zu besorgen. Es war das erste Grillfest der Sommerferien und JoJo wusste, dass noch viele folgen würden. In seiner Familie gab es nur zwei Gründe nicht zu grillen: Regen und Temperaturen unter null. Allerdings sah ein Grillabend mit seinen Eltern ein bisschen anders aus. Dann gab es Tofuwürstchen, Grünkernfrikadellen und Gemüsespieße. Für das Fleisch, das JoJos Mutter besorgte, brauchte man eine Lupe. Mit Urma passierte so etwas zum Glück nicht.

Murat kannte kaum ein größeres Vergnügen, als den Grillmeister zu spielen. Auch an diesem Abend hatte er gleich Urmas älteste Schürze umgebunden und sorgte jetzt dafür, dass das Fleisch nicht anbrannte. Jimmi schaute ihm dabei zu. Er schien zu lächeln.

Vielleicht waren es aber auch nur die Schatten, die im Schein des Holzkohlenfeuers über sein Gesicht tanzten.

In der Nacht zuvor hatte Murat kaum schlafen können, so sehr hatte er sich auf das neue Abenteuer gefreut. Doch er war enttäuscht worden. Professor Obermeier und seine Leute hatten auf der Lichtung Proben eingesammelt und waren schon nach einer halben Stunde wieder aufgebrochen. Weder auf dem Hin- noch auf dem Rückweg hatte einer der Wissenschaftler mit ihm gesprochen. Und bekommen hatte Murat für seine Dienste außer einem Händedruck auch nichts. Dieser Obermeier war ein verdammter Geizkragen!

»Spieß, Schnitzel oder Wurst?«, fragt Murat, nachdem das Fleisch eine Weile gebrutzelt hatte.

Der Geruch hatte die Katzen aus der Nachbarschaft angelockt. Sonst hockten sie immer in sicherer Entfernung zwischen den Stachelbeersträuchern und warteten darauf, dass etwas für sie abfiel. Doch jetzt saßen sie im Halbkreis um Jimmi herum und schauten ihn unverwandt an. Sobald sich die Tiere dem Grill zu nähern versuchten, brauchte er ihnen nur einen kurzen Blick zuzuwerfen und sie liefen gehorsam auf ihre Plätze zurück. Wenn JoJo später an den Abend zurückdachte, hatte er immer dieses Bild vor Augen: Jimmi als Herr der Katzen.

»Ich esse, was du isst«, antwortete der Junge.

»Dann kriegst du Fleischspieße«, bestimmte Murat. »Die sind ohne Schweinefleisch.«

Jimmi schaute ihn verständnislos an.

»Ich bin Moslem«, erklärte Murat und legte Jimmi zwei gut durchgebratene Fleischspieße auf den Teller. »Moslems essen kein Schweinefleisch. Niemals!«

»Warum nicht?«

»Weil Schweine unreine Tiere sind«, antwortete Murat, während er die Würste wendete.

»Unrein? Warum?« Jimmi ließ nicht locker.

»Weil ... weil ... wir ... ach, ist doch egal«, stotterte Murat und ärgerte sich, dass er im Islam-Unterricht nicht besser aufgepasst hatte. »Das ist eben unsere Tradition. O.k.?«

»O.k.«, sagte Jimmi mit vollem Mund. Aber es war ihm anzusehen, dass er kein Wort verstanden hatte.

Urma hatte sich inzwischen eine bunte Decke aus dem Haus geholt und saß, warm

eingepackt, in ihrem Terrassensessel. »Was ist eigentlich aus den beiden Japanern geworden, die ich für euch zum Bahnhof geschickt habe?«, fragte sie JoJo, der neben ihr saß und gerade extra viel Curry-Ketchup über sein Schnitzel kippte.

»Die Kakamura-Brüder meinst du? Die sind immer noch in Amsterdam«, antwortete er und fügte grinsend hinzu: »Wenn die wüssten, dass Jimmi hier sitzt und Fleischspieße isst!«

»Einer von den beiden hat heute morgen angerufen«, sagte Urma und nippte an ihrem Bier.

Für ein paar Augenblicke wurde es ganz still im Garten. So still, dass einige Katzen erwartungsvoll näher kamen, um sich über die Fleischreste herzumachen. Dann fragte JoJo: »Warum hast du uns das nicht gleich gesagt?«

»Ihr habt noch geschlafen«, antwortete Urma. »Und hinterher habe ich es vergessen.«

»Was hat der Typ gewollt?«, fragte JoJo.

»Er hat mich gefragt, ob er den Jungen mit den grauen Haaren sprechen kann.«

»Was hast du gesagt?«

»Dass ich keine Ahnung habe, von wem er redet«, antwortete Urma. »Alte Leute sind manchmal ein bisschen begriffsstutzig«, fügte sie breit grinsend hinzu.

Aber JoJo war überhaupt nicht zum Lachen zumute. »Mist«, murmelte er.

»Genau«, sagte Mai Lyn.

»Die beiden lassen nicht locker«, sagte Murat und nahm seinen vierten Fleischspieß vom Grill.

Jimmi schien von dem Gespräch nichts mitbekommen zu haben. Wie gebannt schaute er in den Himmel, dessen von Sternen übersäte Kuppel sich über die Stadt wölbte. Meistens war die Sicht von Auto- und Industrieabgasen getrübt. Doch an diesem Abend war sie so gut wie lange nicht. JoJo hatte sich mal für Astronomie interessiert. Dann hatten ihm die unvorstellbaren Entfernungen zwischen Planeten, Sternen und Galaxien mehr und mehr Angst gemacht und er hatte die Finger davon gelassen.

»Hast du gehört, Jimmi?«, rief Murat. »Die Kakamuras haben angerufen!«

Jimmi reagierte nicht. Er hob den Arm und zeigte in den Himmel. »Da«, sagte er aufgeregt. »Da!«

Sofort liefen die Kinder zu ihm. »Was ist da?«, fragte Mai Lyn.

»Das Loch«, antwortete Jimmi. Die Katzen hatten sich unter die Büsche zurückgezogen, starrten ihn aber immer noch unverwandt an.

»Ich sehe nichts«, sagte Murat.

»Ich auch nicht«, sagte Mai Lyn.

»Meinst du vielleicht ein Schwarzes Loch?«, wollte JoJo wissen.

Jimmi zuckte mit den Schultern.

»Siehst du nur ein Loch oder noch was anderes?«, fragte JoJo weiter.

»Da ... ist ... ein ... Weg«, antwortete Jimmi stockend.

Murat rüttelte ihn an der Schulter. »Ein Weg? Den wollen wir auch sehen!«

»Ende«, sagte Jimmi und seine Stimme klang wieder wie immer. »Ende. Aus.«

JoJo wollte gerade fragen, was das für ein Weg gewesen sei, da rief ihn Urma zu sich. Als sie nach seiner Hand griff, spürte er, dass sie zitterte. »Mir ist nicht gut«, murmelte sie. »Gar nicht gut. Ich glaube, du musst mir ins Bett helfen.«

Während JoJo Urma in ihr Zimmer brachte, hörte er sie vor sich hin flüstern. Außer dem Wörtchen »Weg« konnte er allerdings nichts verstehen. »Hast du was gesehen?«, fragte er, nachdem sie sich auf ihr Bett gelegt und er ihr die Schuhe ausgezogen hatte.

»Ich bin mir nicht sicher«, antwortete sie. Ihre immer noch kräftige Stimme klang wie von weit her. »Es ging alles so furchtbar schnell.«

»Was hast du gesehen?«

»Es sah aus wie ein Loch.«

Genau das hatte auch Jimmi gesagt. »Ein Loch?«, rief JoJo. »Im Himmel?«

Urma winkte müde ab. »Ich weiß es nicht, mein Junge. Vielleicht hätte ich kein Bier trinken sollen.« Bevor JoJo ging, richtete sie sich noch einmal auf. »Morgen erzählst du mir, was mit Jimmi los ist. Versprichst du mir das?«

»Versprochen, Urma.«

Draußen war das Grillfeuer fast heruntergebrannt. Eine kleine Bodenlampe erhellte eine Ecke des Gartens, der Rest lag in tiefer Dunkelheit. Von irgendwoher schrie eine Katze,

über den Himmel schob sich eine Wolke und verdeckte die Sterne. Obwohl JoJo nur ein T-Shirt trug, war ihm nicht kalt. Er ließ seinen Blick über das Himmelsgewölbe wandern. Aber nirgendwo war so etwas wie ein Loch zu erkennen. Schwarze Löcher, wie die Astronomen sie nannten, konnten es nicht sein. Die entstanden nach Sternenexplosionen und verschluckten nach und nach alles im Umkreis von Milliarden Kilometern – sogar das Licht. Deshalb war es auch nicht möglich, sie zu sehen.

Was hatte Jimmi mit dem Wort »Weg« gemeint? Wieso hatte Urma auf einmal zu zittern begonnen? Und warum hatten die Kakamuras nach dem »Jungen mit den grauen Haaren« gefragt? Kannten sie seinen Vornamen nicht? Waren die beiden hinter jemandem her, von dem sie nicht einmal wussten, wie er hieß?

JoJo wollte Jimmi fragen, aber der Junge war eingeschlafen. Auch Murat und Mai Lyn schnarchten leise auf ihren Stühlen. Seufzend setzte sich JoJo in Urmas Liegesessel und schloss die Augen. Zum Glück schmerzte sein Kopf nicht mehr so stark. Wo ihn der Fuß eines der Hammer-Boys getroffen hatte, wuchs allerdings eine mächtige Beule.

Bis Jimmi aufgetaucht war, hatte JoJo geglaubt, dass es auf alles eine Antwort gab. Seitdem der seltsame Junge bei ihnen war, schien es nur noch Fragen zu geben. Fragen über Fragen.

Rückgabe spät